幼兒全語文 階梯故事 系列

大和小

袁妙霞 著
野人 繪

園丁文化

衣帽架上掛着四頂帽子。
究竟這些帽子是誰的？

大的兩頂是熊爸爸和熊媽媽的，
小的兩頂是熊哥哥和熊弟弟的。

屋外放着四輛單車。
究竟這些單車是誰的？

大的兩輛是熊爸爸和熊媽媽的，
小的兩輛是熊哥哥和熊弟弟的。

聖誕節快到了，大家一起
布置聖誕樹。

聖誕樹下有四份禮物。
究竟這些禮物是誰的？

大的兩份是熊哥哥和熊弟弟的，
小的兩份是熊爸爸和熊媽媽的。

導讀活動

進行方法：

❶ 讀故事前，請伴讀者把故事先看一遍。

❷ 引導孩子觀察圖畫，透過提問和孩子本身的生活經驗，幫助孩子猜測故事的發展和結局。

❸ 利用重複句式的特點，引導孩子閱讀故事及猜測情節。如有需要，伴讀者可以給予協助。

❹ 最後，請孩子把故事從頭到尾讀一遍。

封面
1. 圖中是熊先生和家人。你猜他們是什麼關係？
2. 請把書名讀一遍。

P2
1. 衣帽架上掛着什麼東西？請形容一下這些帽子的樣子，包括顏色、圖案和大小等。
2. 你猜這四頂帽子分別是誰的？

P3
1. 你猜對了嗎？
2. 從圖中看來，今天天氣怎樣？
3. 為什麼熊先生一家會戴着帽子外出呢？

P4
1. 屋外放着什麼東西？請形容一下這些單車的樣子。
2. 你猜這四輛單車分別是誰的？

P5
1. 你猜對了嗎？熊先生一家在哪裏騎單車呢？
2. 你會騎單車嗎？請說說你學騎單車的經過。如果沒有騎過單車，
3. 你會想學嗎？

P6
1. 什麼節日快到了？熊先生一家正合作做什麼事情呢？
2. 他們是怎樣布置聖誕樹的？請說說看。

P7
1. 牆上的英文字牌是什麼意思？你能讀出來嗎？
2. 聖誕樹下放着什麼東西？請形容一下這些禮物的樣子。
3. 你猜這些禮物分別是給誰的？

P8
1. 你猜對了嗎？按照習俗，你知道拆禮物日是在哪一天嗎？
2. 熊先生一家人的禮物各是什麼？請說說看。

9

小兒辯日

故事

孔子看見兩小孩在爭辯，什麼時候的太陽離他們較近。

「太陽初出像車輪般大，中午像瓦盆般小，當然是初出的太陽近。」

「太陽初出時涼涼的，中午卻熱得厲害，當然是中午的太陽近。」

孔子也不能判斷誰對誰錯。兩個孩子笑說：「誰說你知識廣博呢？」

字卡

玩法

❶ 把字卡全部排列出來，伴讀者讀出字詞，請孩子選出相應的字卡。

❷ 請孩子自行選出多張字卡，讀出字詞並口頭造句。

請沿虛線剪出字卡。

衣帽架	掛	兩頂
帽子	屋外	四輛
單車	聖誕節	布置
四份	禮物	究竟

幼兒全語文階梯故事系列
第4級（高階篇）

《大和小》

©園丁文化

幼兒全語文階梯故事系列
第4級（高階篇）

《大和小》

©園丁文化

幼兒全語文階梯故事系列
第4級（高階篇）

《大和小》

©園丁文化

幼兒全語文階梯故事系列
第4級（高階篇）

《大和小》

©園丁文化

幼兒全語文階梯故事系列
第4級（高階篇）

《大和小》

©園丁文化

幼兒全語文階梯故事系列
第4級（高階篇）

《大和小》

©園丁文化

幼兒全語文階梯故事系列
第4級（高階篇）

《大和小》

©園丁文化

幼兒全語文階梯故事系列
第4級（高階篇）

《大和小》

©園丁文化

幼兒全語文階梯故事系列
第4級（高階篇）

《大和小》

©園丁文化

幼兒全語文階梯故事系列
第4級（高階篇）

《大和小》

©園丁文化

幼兒全語文階梯故事系列
第4級（高階篇）

《大和小》

©園丁文化

幼兒全語文階梯故事系列
第4級（高階篇）

《大和小》

©園丁文化